U0550657

超有趣！看漫畫學三國成語

2 曹操統一北方‧赤壁之戰

郭珮涵——著
李文成——審訂

目錄

曹操統一北方

目錄

赤壁之戰

主要人物
曹操
劉備
袁紹
張郃
關羽
徐庶
劉表
司馬徽
三國

曹操統一北方

東漢末年，在各地諸侯的連年征戰中，袁紹與曹操兩大勢力迅速壯大起來。官渡之戰，雙方上演最終對決，曹操完勝，順勢北征烏桓（ㄏㄨㄢˊ），統一了北方。

不出所料

三國時期的田豐博學多才，在冀（ㄐㄧˋ）州很有名望。最初，他是冀州牧[1]韓馥（ㄈㄨˋ）的下屬，但因過於正直，不受重用。後來，袁紹（ㄕㄠˋ）使用計謀，奪取冀州的主事權。他聽說田豐非常有才能，就帶著貴重的禮物，言辭懇切地請求田豐為自己效力，還任命他為別駕[2]，以顯示對他的器重。

---

1. 古代各州的行政長官。

2. 官名，東漢時州刺史的輔佐官。

官渡之戰前夕，當時還在曹操麾（ㄏㄨㄟ）下做事的劉備因衣帶詔[3]事件，高舉大旗對抗曹操。於是，曹操一氣之下，親自率兵討伐劉備。

袁紹的謀士田豐很敏銳，他察覺到這是個好機會，對袁紹說：「曹操現在攻打劉備，他們打仗一時半刻肯定不會結束，我們趁機襲擊他們後方！」

袁紹想了想，覺得還是照顧生病的兒子重要，便推辭說：「哎呀，這種事再說吧！」田豐為人剛正，卻也心直口快，他嘆了口氣說：「大好時機就因為小孩子生病而喪失，真是可惜啊！」袁紹非常小心眼，聽到田豐的話惱羞成怒，開始漸漸疏遠他。

3. 漢獻帝想除掉曹操，用鮮血寫出詔書縫在衣帶裡送出宮。

後來劉備兵敗，投奔袁紹，袁紹這才準備跟曹操開戰。田豐此時又進諫(ㄐㄧㄢˋ)說：「曹操現在實力不容輕視，應該做好打持久戰的準備，不能妄想一戰定成敗。」當時，袁紹同時掌控著冀州、青州、幽州、并州[4]四地，實力空前強大。他心裡暗想：自己這邊兵力足，地勢好，有什麼不能打的？田豐說這種話就是在擾亂軍心。一氣之下，袁紹便把田豐關押起來。

4. 中國古九州之一，位於今內蒙古河套，山西省太原市、大同市和河北省保定市一帶。

曹操聽聞田豐不在軍中，高興地對身邊的人說：「袁紹必敗。」果然，袁紹這仗輸得一敗塗地。倉皇逃走途中，袁紹聽到自己的士兵們互相訴說失去兄弟、同伴的苦楚，心裡很不是滋味。

袁紹快到家時，他的謀士逢（ㄆㄤˊ）紀前來迎接。袁紹忍不住向逢紀訴苦：「我真的後悔沒有聽田豐的話。曾經有一份正確的謀略，我沒有珍惜，如果上天再給我一次機會，我一定……。」

逢紀之前與田豐唱反調，他主張要和

曹操決戰，此時害怕袁紹反過來怪罪自己。他眼珠一轉，打斷了袁紹的苦情戲碼。

他說：「主公，田豐在獄中聽說您兵敗後，居然拍手大笑說『果然不出我所料！』」袁紹一聽，當即不哭了，憤怒地提起寶劍喊道：「這個過時的腐儒[5]還敢笑話我？傳我命令，給我殺了他！」

另一邊，看管田豐的獄吏對田豐說：「袁將軍這次大敗而歸，肯定認知到自己的錯誤，您必定會再次得到重用！」田豐苦笑著搖搖頭，說：「並非如此，我馬上就要死了。」獄吏大驚，不明其中緣由。

田豐解釋說：「主公看起來寬容，實際上猜忌心很重，從來不信任我的忠誠。如果他打贏了，回來高興，或許還能赦免我，以示他的寬容與英明。現在他輸了，內心一定羞愧又憤恨，我大概會被他殺了洩憤。」

談話間，袁紹的親信已來到牢房，說是傳袁紹命令，來取田豐首級[6]。獄吏們全都淚流滿面。田豐說：「大丈夫生在天地之間，卻不能自由地選擇明主跟隨，是不明智的！今天赴死，也沒什麼可惋惜的。」於是他拔劍，在獄中自刎（ㄨㄣˇ）。

沒有田豐的謀劃，袁紹很快在官渡之戰中大敗，不久就病逝了。

5. 思想陳腐不合時宜的儒生。

6. 人的頭，比喻要被斬首。

歷史背景

時間：西元 200 年

地點：冀州

主要人物：田豐、袁紹、曹操、逢紀

典故

豐在獄中聞主公兵敗，撫掌大笑曰：「固不出吾之所料。」（明羅貫中《三國演義》第三十一回）

成語解釋

指事情的發展變化都在預料之中，形容原先的預測準確。

近義詞

果不其然、料事如神

反義詞

出乎意料、突如其來、出其不意

造句

他平時不認真學習，不出所料，這次的考試成績果然不理想。

歷史小啟發

這個故事提醒我們，良禽應擇木而棲，人也應選擇品行好的人往來。像田豐這種剛正不阿（ㄜ）的人，遇到袁紹這種心胸狹窄或是逢紀那種喜歡挑撥離間的人，只會吃虧，所以交朋友必須擦亮眼睛。另外，這則故事也告訴我們，一個領導者要有寬容的雅量，善於聽取下屬的建議，否則就會像袁紹一樣獨斷專行，走上錯誤的道路，自取滅亡，錯失成就大事的良機。

成語接龍

不		所	料	料		如	神
神	出		沒	沒	齒		忘
忘	恩		義	義	薄	雲	
	作	之	合	合		為	一

答案：出、事、鬼、難、負、天、天、而

箭在弦上不得不發

曹操是三國時期著名的政治家，他不光能文能武，還非常善於發現人才並把他們集結在自己周圍，甚至包括反對過自己的人。「建安七子[1]」之一的陳琳，是東漢末年的文學家，擅長寫文章，「箭在弦上，不得不發」就是發生在曹操和陳琳之間的故事。

陳琳原本在袁紹手下做文書工作。起初，袁紹並沒有把曹操放在眼裡，只把曹操當作自己的下屬，兩人的關係也比較緩和。

誰知後來曹操的勢力越來越大，還挾天子以令諸侯，地位隱隱超

1. 東漢獻帝建安年間，文學界有七位著名作家，即孔融、陳琳、王粲、阮瑀、應（ㄧㄥˋ）瑒（ㄧㄤˊ）、劉楨、徐幹等七人。

越袁紹。那時，實力空前強大的袁紹，有了更大的野心，於是把矛頭對準逐漸崛起的對手——曹操。

一天，袁紹把陳琳找來，讓他草擬一份討伐曹操的檄（ㄒㄧˊ）文[2]。陳琳不敢違背，只好照著袁紹的意思，洋洋灑灑寫了一長篇。

2. 古代用於徵召、宣示罪狀等的軍方文書。

這篇檄文狠狠地貶低曹操一番。先說曹操的爺爺曹騰，當年結黨營私，曹操的父親曹嵩（ㄙㄨㄥ）貪汙受賄，禍亂朝政。曹操自己也品行不佳，當年在討伐董卓的過程中，因貪功冒進，遭遇大敗，後來竟然膽大包天，挾持漢獻帝。檄文中號召各路諸侯營救漢獻帝，打倒曹操。

這天，曹操頭痛的毛病發作，臥床不起，正好收到手下送來袁紹發的討曹檄文，便躺在床上看了起來。看著文中大段罵自己的話，曹操不僅沒生氣，反而越看越興奮，他激動地說：「這寫得也太好，看得我頭都不疼了，哈哈哈！」

後來，曹操擊敗袁紹，陳琳也被曹操俘獲。周圍的人還記得陳琳寫檄文大罵曹操這回事，鼓吹曹操趕快殺了陳琳。曹操卻不計前嫌，讓陳琳擔任「司空軍謀祭酒」，和阮（ㄖㄨㄢˇ）瑀（ㄩˇ）一起掌管重要文件的起草[3]。有時，陳琳寫好的文書，曹操一個字都不用改。

曹操曾問陳琳：「當初袁紹讓你寫文章，你罵罵我就算了，怎麼還把我父親和祖父都扯進來痛罵啊？」

3. 草擬底稿。

身在曹營心在漢

西元 200 年，曹操親自帶兵討伐劉備。

劉備措手不及，被曹操軍隊打散，只好投奔袁紹。曹操進攻關羽駐守的下邳（ㄆㄟˊ）[1]時，欣賞關羽的才華，想趁機把他籠絡到自己的陣營。曹操的謀士程昱（ㄩˋ）說，關羽能力出眾，只能智取，不能強制硬碰硬，可以引誘他進入圈套再一舉拿下。

於是，曹操派出夏侯惇（ㄉㄨㄣ）和關羽大戰好幾個回合，將關羽困在土山山頭上。

1. 三國時期地名，其舊址位於現在的中國江蘇省睢寧縣。

天快亮的時候，有人騎著馬上山來了。關羽一看，原來是過去的舊友張遼。關羽料到張遼肯定是來說服自己投降的，便直接告訴他，自己雖然現在身處絕境，但就算是死也不會投降。

張遼勸他說：「你要是死了，就犯了三宗罪。其一，你和劉備、

張飛結成兄弟，你要是死了，豈不是違背同生共死的誓言？其二，劉備把家人託付給你，你一死不就辜負了他的囑託？其三，你這麼有才華，不為了復興漢室的大事業獻身，而為這點小事而死，有何道義可言？」關羽嘆了口氣，說：「那我該怎麼辦？」

張遼對關羽說，只要肯加入曹營，一切都好說。關羽覺得有道理，便提出幾個同意加入曹營的條件，即著名的「土山三約」：降漢不降曹；贍養劉備兩個夫人；一旦有劉備的消息，他不遠萬里也要奔赴回去。曹操是個愛才之人，捨不得關羽這麼優秀的人才輕易死了，便答應他的請求。

於是，關羽去了許都。曹操為留住關羽，處處以禮相待，三天兩頭宴請他，時不時送他許多金銀珠寶，還讓漢獻帝封他為偏將軍[2]。

有天，曹操見關羽的綠錦戰袍有些破舊，贈他一身新戰袍，誰

知關羽卻把新袍穿在裡面，外面仍用舊袍罩上。曹操看了疑惑不解，自己送他無數金銀珠寶，實在沒必要連件舊袍子也捨不得扔，於是問他：「關將軍為何如此節儉？」

關羽說：「並非節儉，只因這舊袍是兄長

2. 古代武將名，將軍的輔佐。

劉備所賜，我穿著它就像見到兄長一樣，又怎能因丞相的新袍而忘記兄長的恩賜呢？」曹操聽了有些不高興。

又有一天，曹操見關羽的馬瘦弱不堪，便送了他一匹赤兔馬。關羽接受饋贈，並拜謝曹操。曹操疑惑地問：「之前送你金銀和美人，你都沒有拜謝我。如今送你赤兔馬，你一再拜謝是為什麼？」關羽說：「我早就聽說赤兔馬可日行千里，以後要是知道我兄長的下落，騎著牠很快就能和兄長見面了。」曹操聞言，非常後悔。

曹操派張遼問關羽，為什麼自己對他這麼好，他還是一心想要回到劉備身邊。關羽回答說：「我與大哥劉備生死與共，即使他不幸離世，我也要與他共赴黃泉。」曹操聽了，感嘆關羽是真正的義士。

關羽就像向日葵，
只向著劉備。

三國故事裡「身在曹營心在漢」的人，除了關羽，還有徐庶。徐庶早年追隨劉備，曹操聽說徐庶很有能力，就派人抓了他的母親，將他騙到曹營。徐庶足智多謀，但自從到了曹營後，沒有向曹操進獻過一次計策。

就算你騙我來到這裡，我心裡
還是只有劉皇叔！

歷史背景

時間：西元 200 年

地點：下邳

主要人物：關羽、曹操、張遼、徐庶

典故

源自明朝羅貫中所著的《三國演義》第二十五回至二十七回。

成語解釋

指關羽人在曹營，心卻想著蜀漢的劉備。形容身處對立的一方，心裡卻想著自己原來的立場。也用來比喻心思不專，變化不定。

近義詞

心猿意馬

反義詞

同心協力

造句

這場遊戲弟弟被分到另一隊，但他明顯身在曹營心在漢，看來我們贏定了。

成語接龍

倚老＿老　老＿常談

談＿自如　如履＿冰

冰清玉＿　＿身自愛

愛憎＿明　明＿保身

身在曹營心在＿

答案：賣、生、笑、薄、潔、潔、分、哲、漢

一面之詞

西元 196 年，曹操迎接漢獻帝到許都，藉漢獻帝的名號號令諸侯。這讓當時的諸侯之首袁紹非常不滿。當時漢獻帝衣帶詔（ㄓㄠˋ）[1]流出，袁紹藉機向曹操發起進攻。白馬城[2]是曹操麾（ㄏㄨㄟ）下的重要城池，亦是保護許都的要塞。思來想去，袁紹決定派大將顏良為先鋒，進攻白馬城，奪取黃河南岸據點，保障大部隊渡過黃河，與曹操決戰。

袁紹的監軍[3]沮授勸諫說：「顏良生性狹隘，雖然驍（ㄒㄧㄠ）勇，但也不能單獨擔此大任。」袁紹說：「沒關係，他在我手下表現得還算突出，說不定能取得出乎意料的戰績！」

1. 藏於衣帶中的密詔。
2. 古縣名，位於今中國河南省滑縣境內。
3. 監軍為官職名，也稱做督軍，負責監督在外的軍隊。

曹操收到袁紹進攻的消息後，急忙召集將士們商議如何抵禦。留在曹營的關羽為了報恩，主動對曹操說：「我願意作為前部先鋒迎擊顏良。」曹操說：「這事先不勞煩關將軍，如果真的需要將軍出馬，我們自會來請將軍的。」

曹操先領五萬軍馬親臨白馬城，在靠近一處土山駐紮。遙望山前一望無際的曠野，顏良帶著精兵十萬排列有序。曹操見此陣勢大吃一驚，命呂布的舊將宋憲迎戰顏良。宋憲手拿武器策馬發起衝鋒，不料只打了不到三回合，就被顏良斬於馬下。

曹操大驚道：「顏良真是河北[4]勇將啊！」曹操的手下魏續要求迎戰顏良，不料也死在顏良刀下。接著曹將徐晃出戰，和顏良打了二十多個回合，還是以失敗告終，逃回營地。諸將見顏良如此厲害，全都害怕不已，曹操只好先收軍回營。

曹操的謀士程昱看曹操十分鬱悶，便趁機舉薦關羽對戰顏良。

曹操說：「我怕他立了功便要離去啊。」程昱說：「劉備趁亂去投奔袁紹，您若讓關羽擊殺顏良，袁紹肯定會懷疑劉備而殺他。劉備一死，關羽又能去

4. 三國時期是指黃河以北的地區，包括河北大部、山東西部、河南北部等地。

主公，您還有關羽
這個祕密武器呢。

哪裡呢？」曹操一聽有理，便差人去請關羽。

關羽果然名不虛傳，只見他飛身上馬，在萬人之中直取顏良首級，然後英勇殺出敵營，動作乾淨俐落，如入無人之境。顏良一死，袁軍不戰自亂。曹軍乘勢出擊，大獲全勝。關羽將顏良首級獻給曹操，曹操稱讚說：「關將軍真乃神人也！」

僥倖逃脫的顏良部下，在半路遇見袁紹的大軍，急忙向袁紹報告說，顏良被一名紅臉、長鬚、使大刀的勇將斬殺。袁紹驚問道：「此

顏良這次是遇到神
一樣的對手了！
袁

人是誰？」沮授說：「必定是劉備的結義兄弟關羽。」

袁紹聽了大怒，召見劉備說：「你居然指使你兄弟斬我愛將！」說著就示意部下把劉備推出去斬了。劉備不慌不忙地說：「您怎麼能只聽信一面之詞，就要斷絕我們的情分呢？自從徐州戰敗，我至今沒有二弟關羽的音信。天底下長得相似的人太多了，怎麼能因此斷定他是關羽呢？您這麼英明，不會就這麼被誤導吧？」

袁紹是個沒主見的人，想了想便相信劉備的話，還請他一起商議如何對付曹操。袁紹麾（ㄏㄨㄟ）下大將文醜自告奮勇請求出戰，袁紹讓他帶十萬軍兵搶渡黃河，前去追殺曹操。劉備趁機請求道：「承蒙袁將軍大恩，無以報效，想和文將軍一同出戰。」文醜以劉備屢戰屢敗為由，與他分開行軍。於是，文醜自領七萬軍馬先行，劉備自領三萬軍馬隨後。

很快地，文醜也被關羽斬殺。袁紹知道斬殺他兩員大將的人就是關羽後，氣得想殺了劉備。劉備此時也確信關羽在曹操軍中，便寫信安撫袁紹說，可以說服關羽裡應外合擊殺曹操。袁紹信了劉備的話，劉備便趁機逃離袁紹軍營並設法與關羽取得聯繫，兩兄弟終於團聚。

歷史背景

時間：西元 200 年

地點：白馬城

主要人物：袁紹、曹操、顏良、關羽

典故

明公只聽一面之詞，而絕向日之情耶？（明羅貫中《三國演義》第二十六回）

成語解釋

也作「片面之詞」。指正在爭執的雙方中，其中一方的說法。多指單方面的、片面的看法。

近義詞

偏聽偏信、一偏之言

反義詞

兼聽則明、面面俱到

造句

調查時要聽取雙方的意見，不能僅憑一面之詞就對事情下結論。

歷史小啟發

袁紹憑藉逃回來士兵的一面之詞，就斷定殺顏良的人是關羽，雖然判斷正確，但這種聽取一面之詞就妄下定論的思路並不可取。如果斬殺顏良的人不是關羽，只是另一個紅臉、長鬚、使大刀的人，袁紹的一時衝動可能會造成不可挽回的後果。所以，如果遇到兩方發生矛盾的情況，我們不能只聽一面之詞，片面地根據一方的敘述下定論，而要綜合考慮雙方的說法與意見，才能做到公平公正。

成語接龍

一		之	詞	詞	不		意
意		飛	揚	揚		後	世
世	事		料	料		如	神
神		鬼	沒	沒		沒	腦

答案：面、達、氣、名、難、事、出、頭

出言不遜

西元 200 年，袁紹和曹操在官渡大戰。袁紹派手下大將淳于瓊監督糧草的運輸，並把糧草都藏在烏巢，不料這個消息被曹操知道了。糧草可是戰爭最重要的後勤裝備，因此曹操興沖沖地趕往烏巢攻打淳于瓊。

當時，張郃（ㄏㄜˊ）在袁紹手下任職。曹操攻打烏巢的消息傳出後，張郃勸袁紹說：「雖然曹操的士兵比我們的士兵少，但他們都是精兵。如果淳于瓊守不住烏巢的糧草就糟了。我們必須派兵支援他！」

袁紹的另一個部下郭圖不同意，他說：「張郃這麼說可不對啊！曹操帶精兵攻打烏巢，那他的軍營不就空了嗎？我認為應該趁機攻擊曹操的大本營許都，到時，曹操的家都要沒了，哪還顧得上淳于瓊？烏巢之圍自然能解。」

張郃反駁說：「曹操的大本營易守難攻，不可能快速攻破。但如果淳于瓊輸了，我們沒了糧草，到時候就沒辦法繼續作戰了。」

儘管張郃動之以情，曉之以理，但袁紹覺得自己的實力遠勝曹操，最後只派了極少的兵力營救淳于瓊，派重兵進攻許都。

果不其然，許都防守嚴密，袁紹即便是全力出擊，也沒能攻破。而另一邊，曹操很快攻下了烏巢，一把火燒掉袁紹藏在那裡的糧草。這下，袁紹的軍隊失去了行軍最重要的糧草補給，士氣低落，還沒正式交戰就先敗下陣來。

郭圖知道這次兵敗，很大原因是自己向袁紹提出錯誤的策略，他自覺羞愧，又不願承認錯誤。於是惡人先告狀，可憐兮兮地對袁紹說：「張郃這個人真是囂張，我們吃了敗仗，他竟然幸災樂禍，嘲笑您

當時不聽他的。」

張郃聽聞後，知道袁紹心眼小，怕袁紹責怪他，索性去投奔曹操。張郃對曹操說：「郭圖說我對袁紹出言不遜，他這樣栽贓陷害我真是太欺負人，我只好來投奔您了。」曹操高興地接納他。後來，張郃成了曹操手下一名得力的戰將，為曹操立下不少戰功。

歷史背景

時間：西元 200 年

地點：官渡

主要人物：曹操、袁紹、張部、郭圖

典故

圖慚，又更譖（ㄗㄣˋ）[1]部曰：「部快軍敗，出言不遜。」部懼，乃歸太祖。（西晉陳壽《三國志 ・ 魏書 ・ 張部傳》）

成語解釋

出言：說話。遜：謙讓恭順。說出的話不謙讓恭順，形容人在說話時傲慢自大，沒有禮貌。

近義詞

血口噴人、惡語傷人

反義詞

彬彬有禮、卑辭厚禮

造句

對長輩出言不遜是非常沒有禮貌的行為，大家應當謹記這一點。

1. 毀謗、誣陷。

歷史小啟發

袁紹的失敗有很多原因，雖然郭圖的錯誤提議，有一定的推動作用，但是最主要的還是因為決策者袁紹，沒有正確地判斷局勢。對敵我雙方的實力和處境，缺乏理性的分析，以致於既沒有攻破曹操的大本營，也挽救不了自己的糧草。後來，袁紹不僅沒有反省自己，還聽信郭圖讒言，損失了一員大將。

我們要從袁紹的故事中吸取教訓，遇到事情要冷靜，全面分析，做出正確的判斷。另外，出言不遜是沒有禮貌的行為，待人應當彬彬有禮，展現自己的素質。

成語接龍

棄		投	明	明	目		膽
膽	小	如			目	寸	光
光		磊	落	落		流	水
水	落		出	出	言		遜

答案：暗、張、鼠、鼠、明、花、石、不

過五關斬六將

關羽與劉備失散後，在曹操的軍營中一邊保護著劉備的兩位夫人，一邊著急地打探劉備的消息。曹操一心想拉攏關羽，對他非常好，恨不得天天和他一起吃飯、睡覺。

為報答曹操的知遇之恩，袁紹將曹操圍在白馬城時，關羽騎馬衝破萬軍，斬殺袁軍主帥顏良，破了白馬之圍。

這一戰，關羽聲名大噪，投奔袁紹的劉備，也因此得知關羽的下落。於是，他派人告知關羽自己在袁紹軍營，根據關羽提出的「土山

之約」，關羽向曹操提出離開的請求。曹操心裡雖有一百萬個不願意，但也不願強求，只好放行。不料，曹操手下的部將卻不肯輕易放關羽離開去找劉備，一路上各種阻攔。

東嶺關是關羽前往洛陽尋找劉備的必經之路，守關將領名叫孔秀。關羽通過時，孔秀向他索取通關文牒（ㄉㄧㄝˊ）[1]。見關羽拿不出，孔秀不肯放行，與關羽發生衝突，只經過一個回合，孔秀就被關羽斬殺。

1. 官方文書。

聽說關羽已過東嶺關，洛陽守將韓福、孟坦用鹿角[2]攔住他的去路。沒想到關羽的赤兔馬跑得飛快，雖然韓福用弓箭射中關羽的左臂，但關羽忍痛衝過鹿角，斬殺韓福，過了洛陽。

2. 把帶有枝椏的樹枝削尖，尖梢朝上，埋在路口阻擋敵人前進，因形似鹿角而得名。

鎮守汜（ㄙˋ）水關的卞（ㄅㄧㄢˋ）喜，覺得憑自己的力量難以抵擋關羽，於是假意迎接關羽，背地裡卻在鎮國寺安排刀斧手[3]埋伏，準備伺機殺死關羽。幸虧鎮國寺方丈普淨給關羽示警，關羽這才察覺出

不對勁！
方丈，您眼睛抽筋了？
險

陰謀，斬殺卞喜，順利闖過汜水關。

滎（ㄒㄧㄥˊ）陽太守王植是韓福的親家，聽說韓福被關羽殺死，想為韓福報仇。關羽到達滎陽時，王植表面上熱情地在驛站宴請關羽和劉備的二位夫人，暗地裡卻派手下放火，想燒死他們。關羽曾對那位手下有恩，他通知

可惡的關羽！
哈啾！誰在罵我？

3. 配帶兵器的侍衛。

關羽一行人提前逃離驛館，又假意放火，欺騙王植。王植察覺後，怒殺手下，趕去追殺關羽，卻反被關羽斬殺，關羽險過滎陽。

隨後，關羽來到滑州，守將劉延出城迎接，告訴他前面黃河渡口是秦琪在把守。關羽來到黃河渡口要求過河，秦琪毅然拒絕。關羽大怒，兩人交戰，秦琪被關羽斬殺。關羽順利過河，終於來到袁紹的地盤。

這時，曹操部將夏侯惇（ㄉㄨㄣ）領兵追到，兩人正要展開廝殺，被趕來的張遼阻止。張遼拿出曹操的文書，放關羽一行人馬離開。

接著關羽一路打探，循消息趕到古城。沒想到占領古城的張飛，以為關羽投降了曹操，不肯相認。正好這時曹操部將蔡陽追來，要為其外甥秦琪報仇。張飛更加懷疑關羽，要關羽在三聲鼓後斬了蔡陽，才肯相認。第一聲鼓聲未落，關羽就一刀殺了蔡陽。張飛這才把關羽和兩位嫂嫂迎入城內，聽他們講述完一路的經過，拜謝關羽。不久後，關羽終於與劉備重聚。

歷史背景

時間：西元 201 ～ 202 年
地點：東嶺、洛陽、汜水關、滎陽、滑州
主要人物：關羽、曹操、袁紹、劉備、張飛

典故

美髯（ㄖㄢˊ）公千里走單騎，漢壽侯五關斬六將（明羅貫中《三國演義》第二十七回）

成語解釋

闖過五道關卡，斬殺六個敵將。形容克服重重困難，不斷戰勝對手。

近義詞

披荊斬棘、排除萬難

反義詞

節節敗退、屢戰屢敗

造句

在本次比賽中，有五位選手過五關斬六將，晉級決賽。

歷史小啟發

關羽過五關斬六將的故事，體現了他的英勇和忠誠，無論是對方的強力阻攔還是暗地裡的陰謀詭計都被他一一化解。所以，如果面前有一道道的難關時，我們要學習關羽的堅持與勇氣，相信自己能夠過五關斬六將，一定能贏得最終的勝利。

成語接龍

出	人		表	表		如	一
一		千	金	金	玉		言
言	而		信	信		雌	黃[4]
黃		一	夢[5]	夢	寐	以	
	之	不	得	得		且	過

過	五	關		六	將

4. 歪曲事實，隨意批評。

5. 比喻榮華富貴好像夢一場，也用來比喻不切實際的空想。

答案：意、裡、諾（字）、良、無、口、粱、求、求、過、斬

兵貴神速

西元 200 年，曹操憑藉官渡之戰，打敗實力遠勝自己的袁紹。不久之後，袁紹病重去世，袁紹的長子袁譚也在與曹操作戰時被殺。當時，北方遊牧民族烏桓（ㄏㄨㄢˊ）[1]勢力強大，烏桓各部在遼西烏桓族首領——蹋頓領導下聯合。蹋頓與袁紹交好，袁紹的另外兩個兒子袁尚、袁熙便逃往烏桓，投奔蹋頓。

蹋頓以替袁尚收回故地為藉口，屢屢侵擾漢朝邊境。為此，曹操決心遠征蹋頓，統一北方、除掉後患。有些官員擔心曹操遠征之後，

1. 也叫烏丸，古代北方遊牧民族之一，東漢時活動於今遼河下游、山西北部、河北北部及內蒙古河套一帶。

荊州的劉表會趁機派劉備來襲擊曹操後方。

曹操的謀士郭嘉卻不這麼認為。郭嘉本是袁紹的部下，但他發現袁紹空有禮賢下士的行為，卻缺乏知人善任的度量，便轉而投奔曹操，為曹操征戰四方、出謀獻策。

郭嘉分析當時形勢，對曹操說：「您現在威震天下，烏桓仗著自己位處偏遠地區，必然不會對您有所防備。這時候來個突然襲擊，一定會讓他們措手不及。況且袁紹在百姓心中較有威望，如果延誤時機，就是給了袁尚、袁熙兩兄弟足夠的時間修整，讓他們拉攏人心。再加上烏桓各族積極回應，讓蹋頓產生野心，到時候恐怕連冀州、青州也會失去。劉表這人嘴上功夫厲害，但也有自知之明，知道自己才能不及劉備，肯定不會重用他。劉備得不到重用，自然不會心甘情願為劉表多出力。所以，您只管放心遠征烏桓。」

曹操採納郭嘉的建議，率領軍隊出征。由於路途遙遠，士兵們還要帶著糧草、馬車和武器趕路，行軍速度很慢，磨蹭了一個月才到達易縣[2]。

郭嘉一看，這速度可不行啊！又對曹操說：「兵貴神速！現在我們要到千里之外的柳城[3]發起攻擊，帶著這麼多東西趕路，速度太慢。時間一長，對方就會知道我們行動的消息，進而有所防備。不如我們留下笨重的軍械物資，讓將士們輕裝上陣，以更快的速度趕路，趁敵人沒有防備的時候出其不意，克敵制勝。」

2. 屬今中國河北省保定市。

3. 東漢末年烏桓的統治中心，位於今遼寧省朝陽縣。

曹操要攻打我，也不怕跑斷他的腿！
酒
酒
酒

曹操決定依郭嘉所說的行動，做出撤軍的假象後，另外率領幾千名輕裝精兵，日夜趕路，在白狼山[4]與蹋頓的軍隊相遇。

面對突如其來的攻擊，烏桓人驚慌失措地應戰，結果一敗塗地。蹋頓和他的許多部下都死於亂軍之中，袁尚、袁熙則在逃往遼東後被太守公孫康所殺。

曹
打臉來得太快！

4. 位於今中國遼寧省喀左縣境內。

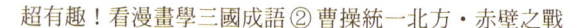

歷史背景

時間：西元 207 年

地點：白狼山

主要人物：曹操、袁紹、蹋頓、郭嘉

典故

太祖遂行。至易，嘉言曰：「兵貴神速。今千里襲人，輜（ㄗ）重多，難以趣利，且彼聞之，必為備；不如留輜重，輕兵兼道以出，掩其不意。」（西晉陳壽《三國志・魏書・郭嘉傳》）

成語解釋

兵：用兵。形容用兵貴在能夠迅速行動。

近義詞

速戰速決、事不宜遲

反義詞

猶豫不決、優柔寡斷

造句

所謂兵貴神速，正是因為搜救隊和醫療人員分秒必爭趕赴災區，才挽救了無數人的性命。

歷史小啟發

曹操聽取郭嘉的建議，捨棄不必要的行囊，加快行軍的速度，為自己爭取了時間，才能讓蹋頓措手不及，取得勝利。不光是用兵貴在神速，在日常生活中，我們也應當有了目標就要快速行動，輕裝上陣，分秒必爭，而不是猶豫不決、浪費時間，這樣才能取得好成績。

成語接龍

兵	貴		速	速		速	決
決		如	流[5]	流		無	情
情		手	足	足	智		謀
謀	事		人	人		勝	天

5. 做決策或判斷事情時，能夠果斷迅速。

答案：神、戰、斷、水、同、多、在、定

髀肉復生

西元200年，袁紹奉漢獻帝衣帶詔討伐曹操，兩軍大戰於官渡。其間，劉備投靠袁紹，奉命攻打曹軍，斬殺曹軍將領蔡陽。

第二年，曹操親自討伐劉備，劉備知道自己的實力不如對方，只能轉而投奔荊州的劉表。劉表雖然熱情接納了劉備，讓其留在身邊，並讓他屯兵於新野，但他生性多疑，所以並不重用劉備。

幾年後，曹操為了消滅袁紹逃到烏桓的殘餘勢力，進而統一北方，便決定揮師北上，遠征烏桓。這個時候，劉備勸劉表趁機襲擊

打仗多累啊！
嗝
偷襲曹操？

曹操的根據地——許都。但劉表說自己擁有荊州七郡已足夠，不想多做其他打算。兩人不歡而散。

後來，曹操打敗烏桓又回到中原，勢力日漸壯大，展現了併吞荊州的野心。劉表在一次宴請劉備的時候，感慨道：「我很後悔當初沒有聽賢弟你的建議，白白失去了攻占領許都的絕好機會。」

是時候拿下荊州了！
曹
曹
曹

劉備聽了也感到萬分無奈，只能勸慰說：「現在天下分裂，到處都有戰亂，肯定還會有機會的。只要日後把握時機，就不用悔恨這次錯失良機。」

這次，劉表和劉備聊得很投機，還商量以後的計劃。過了一會兒，劉備起身如廁。返回宴席的路上，劉備摸摸自己的大腿，發現大腿內側竟長出鬆軟的肉，不禁長嘆一聲，落下淚來。

回到座位上的時候，劉備臉上還留著淚痕。劉表見了很奇怪，連忙問道：「兄弟，男兒有淚不輕彈，你這是怎麼了？」劉備擦拭眼淚，不好意思地說：「唉，也沒什麼。想當初我一直南北征戰，長期不離馬鞍，大腿內側的肉都磨沒了。這些年承蒙您的照顧，我終日過著安逸舒適的生活，好久沒有騎馬，大腿上已長出又軟又鬆的肥肉。我突然覺得自己蹉跎歲月，眼下人都快老了，身體也大不如前，但仍未實現心裡的大業，所以有些傷感。」

西元 208 年，曹操南征，劉表病逝，劉表的兒子劉琮（ㄘㄨㄥˊ）降伏於曹操，荊州便成為曹操的地盤。劉備後來奮發圖強，與孫權聯合，終於在赤壁之戰中打敗曹操，奪回荊州。

嗯？怎麼上趟廁所
就傷感起來了？
我只是因碌碌無為
而羞恥罷了！

歷史背景

時間：西元 207 年

地點：荊州

主要人物：劉備、劉表

典故

備曰：「吾常身不離鞍，髀肉皆消。今不復騎，髀裡肉生。」（西晉陳壽《三國志 ・ 蜀書 ・ 先主傳》）

成語解釋

髀：大腿。指因為長時間沒騎馬，大腿上的肉重新長回來了。形容長時間過著舒適安逸的生活，毫無作為、壯志未酬。

近義詞

無所事事、虛度光陰

反義詞

疲於奔命、勞苦奔波、日理萬機

造句

爺爺已經退休三年了，在家裡能時常見到他感嘆髀肉復生。

歷史小啟發

正所謂「一寸光陰一寸金，寸金難買寸光陰」，時光一去不復返，每一分每一秒都值得我們珍惜。劉備看到自己髀肉復生感到時光飛逝，在安逸的生活中沒有為目標而奮鬥，虛度了光陰。我們應當以這個故事為警惕，珍惜分分秒秒，有目標就展開行動，創造自己生命的價值，人生才能不留遺憾。

成語接龍

	肉	復	生	生		之	交
交		接	耳	耳	聞		睹
睹	物		人	人		關	天
天		之	別	別	開		面

答案：髀、死、頭、目、思、命、壤、生

思賢若渴

三國時期，漢室衰微，社會動盪，各路諸侯都忙著爭奪天下。自知實力微弱的劉備「躍馬過檀溪[1]」後，拜訪三國第一隱士──「水鏡先生」司馬徽，請教擴充實力的辦法。司馬徽很明確地指出劉備「至今猶落魄」的原因是「不得人（才）」。

劉備不服氣，反駁說：「我雖然沒什麼能力，但是手下謀士有孫乾、糜竺、簡雍，武將有關羽、張飛、趙雲，他們都忠誠地輔助我，

1. 劉表設宴邀請劉備，準備加害於他。劉備得知後趕緊逃出，當他騎馬至檀溪時，後面的追兵已到，情急之下，他便鞭馬一躍而過檀溪。

您說我手下沒人？
趙雲
張飛
簡雍
關羽
糜竺
孫乾

我也非常依賴他們。」

司馬徽摸著鬍子，笑了笑說：「關羽、張飛、趙雲，都是能以一敵萬的猛將，但你的謀士孫乾、糜竺等人，並沒有什麼出色的謀略。你需要的是能夠好好運用猛將的謀士啊！」說完，司馬徽給了他兩個壓箱底的人選──「臥龍」諸葛亮和「鳳雛（ㄔㄨˊ）」龐統。

早年，諸葛亮在隆中隱居，他親自下田耕種，喜愛吟唱《梁父吟》，常常把自己和春秋時的賢人管仲、樂毅相比，但當時人們都不這麼認為。只有博陵的崔州平、潁川的徐庶等，這些真正和諸葛亮交好的人，才知道確實如此。

把這兩個人給
招攬過來。

西元 201 年，劉備駐紮在新野，徐庶前去投奔劉備，劉備很器重他。後來，徐庶建議劉備任用諸葛亮。劉備聽說諸葛亮非常有才華，就決定親自去拜訪他。

劉備前往隆中拜訪諸葛亮，三顧茅廬，到第三次才得以見面。劉備對諸葛亮訴說自己扶持漢室、結束戰亂的心願。諸葛亮發現劉備與自己志同道合，便答應出山輔佐他成就大業。

諸葛亮對劉備說：「現在天下戰亂，您是漢室之後，四海之內的人都知道您的信義之名。您結交招攬天下英雄賢士的心如此強烈，開疆拓土、成就霸業的日子早晚會來到。」

後來，劉備又陸續把龐統、法正、劉巴等謀士，以及馬超、吳懿、李嚴等武將收到麾下。因為劉備求賢若渴，所以他對每一個人才都愛護有加。投奔到劉備陣營的人，幾乎沒有背叛他的。

歷史背景

時間：西元 207 年

地點：隆中

主要人物：劉備、諸葛亮、司馬徽

典故

將軍既帝室之胄，信義著於四海，總攬英雄，思賢如渴，若跨有荊、益，保其岩阻，西和諸戎，南撫夷越，外結好孫權，內修政理；天下有變，則命一上將將荊州之軍以向宛、洛，將軍身率益州之眾以出秦川，百姓孰敢不簞（ㄉㄢ）食壺漿以迎將軍者乎？誠如是，則霸業可成，漢室可興矣。（西晉陳壽《三國志・蜀書・諸葛亮傳》）

成語解釋

也作「求賢若渴」。賢：有德行、有才能的人。形容迫切地想要招納有才能的人。

近義詞

旁求俊彥、求賢若渴

反義詞

盲者得鏡

造句

這位老闆思賢如渴，招攬了一大批優秀的人才，終於成就了一番大事業。

歷史小啟發

當時諸葛亮只是一個平民百姓，而劉備已是有名的將軍。兩個人身分懸殊，然而劉備卻三次親自到茅廬求見諸葛亮，絲毫沒有表現出厭煩。劉備這種尊重他人、禮賢下士的態度值得我們學習。

另外，諸葛亮年紀輕輕隱居隆中都能被劉備挖掘出來，說明人才總是曖曖內含光。每個人都應該讓自己變優秀，不斷充實自己，不能荒廢青春時光。

成語接龍

思		如	渴	渴	而		井
井	底	之			鼓	蟬	鳴
鳴		收	兵	兵		馬	亂
亂	世		雄	雄	兵		萬

答案：賢、穿、蛙、蛙、金、荒、英、百

命若懸絲

西元 201 年，劉備離開袁紹，投奔荊州的劉表。劉表熱情接待，並讓他在新野屯兵。當時化名單（ㄕㄢˋ）福的徐庶在新野與劉備相遇，劉備拜他為軍師。

曹操打敗袁紹之後，把目光轉向荊州。後來聽說劉備在新野積極練兵，曹操再也按捺不住，派曹仁與李典出兵攻打劉備。劉備按照徐庶的策略，打了大勝仗。

曹仁和李典吞下敗仗，回去面見曹操，跪在地上請罪，並述說損將折兵的事情。曹操搖搖手說：「勝負乃是兵家常事，不用太放在心

我要找明主，明主不認識我。
別人唱歌要錢，這人唱歌要命！
看在你才華的分上，我忍了！

劉備這是有高人
指點啊！

上，但不知是誰在為劉備出謀劃策？」曹仁說是單福，但曹操對於這個名字很陌生。

他的謀士程昱（ㄩˋ）解釋道：「單福是個假名字。這人自幼好學擊劍，後來為別人報仇而殺了人，狼狽地逃走，被官府捕獲，他的同伴偷偷解救了他。從此他改名換姓，逃亡在外。實際上，他叫徐庶。」

曾夢想仗劍走天下，沒
想到變成了大逃亡！

曹操問程昱：「徐庶的才能如何？」程昱回答說：「此人才能勝過我十倍。」曹操嘆息說：「唉，可惜他到劉備那裡去了。」程昱說：「丞相想要用他，召他過來也不難。」曹操忙問：「哦？有什麼好辦法嗎？」

程昱說：「徐庶為人非常孝順，他幼年喪父，只有老母親尚在。如今他的弟弟徐康已過世，老母親無人侍養。丞相可以派人請他母親來許都，叫她寫信召喚兒子，徐庶必然到來。」

曹操連夜派人把徐庶的母親接到許都。徐母來到後，曹操待她非常周到，說：「您的兒子是天下奇才，如今卻在新野幫助逆賊劉備，真是太可惜了。煩請老夫人寫封信，將他喚來，我在天子面前保奏，他必得重用。」接著叫人捧來文房四寶備用。

徐母佯裝不知問道：「劉備是什麼樣的人？」曹操說：「他原本是個賣草鞋的無名小輩，卻狂妄地宣稱自己是皇室後人，做事全無信義，看似君子，實則就是個小人！」

徐母聽了厲聲說道：「你怎麼說謊呢？我早就聽說劉皇叔禮賢下士，是個真正的大英雄。我兒子前去輔助他，那是尋到明主了。你名義上是朝廷的丞相，實際上卻是漢朝的賊子，還想讓我的兒子來幫你，難道沒有一點兒羞恥心嗎？」說罷，徐母取了石硯，扔向曹操。

快給你兒子寫封信，叫他過來。

你兒子沒眼光，找個賣草鞋的當老闆。

曹操氣壞了，喊著要殺了徐母，程昱忙著勸曹操說自己有辦法。程昱天天跑去問候徐母，還謊稱自己曾與徐庶結為兄弟，然後開始親手寫信給徐母，徐母因此也親自寫信答覆他。時間一長，程昱拿到徐母的筆跡，接著模仿她的筆跡寫了一封家書給徐庶。

徐庶拆開書信，信中寫著：「不久前，你弟弟徐康去世，我正悲涼之間，曹丞相派人接我到了許都，說你反叛，要把我關到監獄之中，幸好有程昱等人說情。只要你來歸降曹操，我就能免除一死。

我現在命如懸絲，快來救我吧！」徐庶看完書信後悲痛欲絕。

徐庶拿著書信去見劉備，對他坦白道：「我本來是潁(ㄧㄥˇ)川人，名叫徐庶，因為逃難才改名為單福。經水鏡先生指點，得到您的重用。沒想到老母親現在中了曹操的奸計，被抓到許都囚禁。她給我傳信，我不能不去，恐怕不能再為您盡力了。」

劉備聽完也哭道：「母子親情是天生的，等你和老夫人相見之後，或許我們還有機會共同打拼。」徐庶深受感動，拜別劉備後，便前往許都尋找母親。

歷史背景

時間：西元 207 年

地點：新野

主要人物：劉備、徐庶、曹操、程昱

典故

吾今命若懸絲，專望救援！（明羅貫中《三國演義》第三十六回）

成語解釋

形容生命垂危。

近義詞

危在旦夕、奄奄一息

反義詞

生龍活虎、生機勃勃

造句

他發生重大交通事故，雖然被及時救出並送往醫院，但現在仍是命若懸絲。

歷史小啟發

　　徐母洞察局勢，瞭解自己兒子的處事方式，尊重他的選擇，因此寧可被殺也不願屈服於曹操，讓兒子為難。徐庶對母親也有著深厚的感情，得知母親陷於危難之中，便立即前往救援，這種母子間的親情令人感動。

成語接龍

命	若		絲	絲	絲	入	
	人	心	弦	弦		之	音
音		笑	貌	貌	合		離
離	經		道	道		途	說

答案：懸、扣、扣、外、容、神、叛、聽

主要人物
曹操
劉備
張飛
諸葛亮
關羽
孫權
周瑜
魯肅
三國

赤壁之戰

平定北方後，曹操很快把目光投向荊州與江東。寄居荊州的劉備趁著孫、曹對抗，聯孫抗曹，在赤壁之戰中迅速崛起，並在戰爭勝利後順利奪取荊州，與曹操、孫權三分天下。

三顧茅廬

西元 200 年，曹操與袁紹率領兩軍於官渡[1]大戰，曹操獲勝，袁紹兵力遭到重創。

之後，曹操開始清理袁紹的殘餘勢力。之前依附於袁紹的劉備，無力正面對抗曹操，只好投靠漢室宗親劉表，寄居荊州，駐守新野[2]。

西元 207 年，一直關注著劉備的曹操，聽說他身邊的徐庶很有才能，就命人謊稱徐庶的母親重病，將徐庶騙到許都。

徐庶臨走前告訴劉備，隆中[3]的諸葛亮非常有才能，實力遠在自己之上，如果能得到諸葛亮輔佐，肯定可以順利得到天下。

1. 今中國河南省中牟縣東北。
2. 今中國河南省新野縣。
3. 今中國湖北省襄陽市。

幾天後，迫不及待的劉備就和二弟關羽、三弟張飛一起，帶著禮物去拜訪諸葛亮。抵達後才知道諸葛亮出門遊玩了，看門的童子也不知道他什麼時候回來。

劉備、關羽、張飛三人乘興而來，敗興而歸。劉備按捺住心中的失落，安慰關羽和張飛說：「沒關係，我們過幾天再來。」

主公，諸葛亮比我聰明多了！

諸葛先生在家嗎？
拒絕推銷……不是推銷啊？先生不在！

沒關係，我有的是耐心。
您那是臉皮厚吧？

幾天後，劉備再次動身拜訪諸葛亮。當日飄起鵝毛大雪，劉備、關羽、張飛三人冒雪出門⋯⋯。

到了諸葛亮家，三人看到一個青年正在讀書，劉備急忙上前行禮。可是青年卻稱自己是諸葛亮的弟弟，哥哥被朋友邀請出門了。

二哥，這次我們能逮到⋯⋯
不，見著諸葛亮嗎？

張飛見諸葛亮不在家，便嚷嚷著要回去。失望的劉備只好留下一封書信，寫著他渴望得到諸葛亮的幫助，共同平定天下。三人再次無功而返。

轉眼過了新年，劉備又選了個好日子，決定第三次拜訪諸葛亮。關羽抱怨說：「諸葛亮也許只是徒有虛名，未必有真才實學，還是別去了。」張飛說：「要不讓我一個人去召他前來，如他不來，我就用繩子捆住他，強迫他來。」

劉備把二人責備了一頓，並堅持親自前去拜訪諸葛亮。這次，諸葛亮正在屋中睡覺。劉備讓關羽和張飛守在門外，自己站在臺階下靜靜等候。

你倆腳臭，就在外面吧！

請先生出山幫我。
好說，好說！

等待許久後，諸葛亮終於醒了，劉備立刻上前問好，並誠懇地向他請教對天下的看法。

諸葛亮見劉備志向遠大，態度又非常誠懇，便替他分析天下形勢。認為北方的曹操占據「天時」，南方的孫權占據「地利」，劉備只有占據「人和」，唯有拿下益州才能成就大業。

劉備一聽，非常佩服，便請諸葛亮出山相助。最終，諸葛亮答應了劉備的請求，全力輔佐他建立蜀漢政權。

歷史背景

時間：西元 207 年

地點：隆中

人物：劉備、諸葛亮、關羽、張飛、徐庶

典故

先帝不以臣卑鄙，猥（ㄨㄟˇ）自枉屈，三顧臣於草廬之中。（西晉陳壽《三國志 ‧ 蜀書 ‧ 諸葛亮傳》）

成語解釋

顧是指拜訪；茅廬是指草舍、草屋。東漢末年，劉備為延攬

隱居在隆中草舍的諸葛亮，拜訪三次才見到面。現在用來指誠心誠意，一再邀請。

近義詞

禮賢下士、求賢若渴

反義詞

拒人千里、妄自尊大

造句

校長三顧茅廬，劉博士終於答應來我們大學任教。

歷史小啟發

最初的劉備要人沒人、要領地沒領地，除了一個所謂的皇叔身分，可說一無所有。但他最後卻能與曹操、孫權三分天下，在這個過程中，諸葛亮對他的幫助至關重要。他三次誠心誠意地拜訪，是諸葛亮決定幫助他的重要原因。這段歷史告訴我們，想取得成功，獲得他人的幫助，一定要態度真誠。另外，就算非常困難，也要堅持不懈，保持百分之百的耐心，十二分的努力，目標終會實現。我們也要時刻審視自我，確定自己需要的是什麼，欠缺的又是什麼，才能利用手中有限的資源獲取最大的利益。

成語接龍

三	顧	茅	□
面	目	□	非
可	歌	可	□
聲	勢	□	大
門	□	戶	對
堂	□	富	麗

□	山	真	面
非	同	□	可
□	不	成	聲
大	爆	□	門
對	□	公	堂
麗	□	天	生

答案：廬、廬、全、小、泣、泣、浩、冷、當、簿、皇、質

如魚得水

東漢末年，漢靈帝昏庸無能，天下大亂，各地軍閥、貴族先後競起，割據一方。年少的劉備家境貧寒，雖然只能和母親以賣草鞋為生，但也有自己的夢想，那就是一統天下，結束戰亂。

後來，張角發動黃巾起義，益州[1]牧[2]劉焉奉旨鎮壓。榜文[3]傳發到劉備所在的涿（ㄓㄨㄛˊ）縣，引出了劉備。劉備在機緣巧合下結識了

1. 中國四川省一帶古地名。
2. 牧是東漢掌握一州軍政大權的官職。
3. 官府揭示的公告。

猛將關羽與張飛，三人志同道合，結拜為異姓兄弟，一起集結同鄉的年輕人，投奔劉焉。

隨著劉備的勢力越來越壯大，他聽說了諸葛亮的名聲，特地去拜訪隱居的諸葛亮，懇請他出山輔佐自己。前兩次都沒見到本人，直到第三次，諸葛亮被劉備的堅持與誠意所感動，兩人相見。

劉備說明自己的來意，暢談自己的宏圖大志，諸葛亮與他推心置腹[4]，提

或許到我大顯身手
的時候了。
招募義兵

先生裝睡還沒醒呢！
臥龍先生，見我一面吧！

4. 比喻真心誠意對待他人。

出很多戰略方針，劉備聽後大喜，直接拜諸葛亮為軍師。

自此之後，諸葛亮竭力輔佐劉備，自然也得到劉備的信任和重用。他們二人形影不離，這引起了關羽、張飛等將領的不滿。

張飛性情豪爽、耿直，他對諸葛亮有滿腹牢騷，有一天終於忍不住向劉備抱怨。劉備聽完之後耐心解釋，反覆說明諸葛亮的才識與膽略遠超常人，對自己完成統一天下的大業非常重要。

劉備把自己比作魚，把諸葛亮比作水。他對張飛說：「我劉備有了孔明，就好像魚兒得到水一般自在、快樂，希望你們以後也接納他、尊重他。」

之後，劉備在諸葛亮的輔佐下，聯吳北伐，占荊州、取益州，軍事上節節勝利，勢力不斷擴大，最終建立蜀漢政權，與魏、吳兩國形成三足鼎立之勢。

歷史背景

時間：西元 207 年

地點：新野

人物：劉備、諸葛亮、關羽、張飛

典故

如游魚得水，景山興雲，或卷或舒，乍輕乍重。（秦李斯《用筆法》）

孤之有孔明，猶魚之有水也。（西晉陳壽《三國志・蜀書・諸葛亮傳》）

成語解釋

像是魚兒得到水一樣。比喻遇到跟自己十分投合的人，或是處在很適合自己的環境，非常自在。

近義詞

情投意合、遊刃有餘

反義詞

寸步難行、甕中之鱉（ㄅㄧㄝ）、不知所措

造句

他轉學之後適應良好，還交到兩個好朋友，在新學校簡直是如魚得水。

歷史小啟發

一個人如果找到好的搭檔，就像魚兒遇到水，能發揮出遠遠超出自己的水準，取得非常卓越的成就。

在日常生活中，人與人的交際圈永遠都是在擴大的，我們應時刻保持平常心，不要因為朋友交了新朋友就升起嫉妒、惡語相向，俗話說「良言一語三冬暖，惡語傷人六月寒」，對人保持善意，最終也會有良好的回報。

成語接龍

如	魚	得			落	石	出
出	人		地	地		天	長
長		直	入	入	木		分
分		不	取	取	信	於	

答案：水、木、頭、久、驅、三、文、民

安身之地

西元 201 年，劉備被曹操打敗後，投奔荊州的劉表，暫時駐紮在新野。雖然打了敗仗，但劉備卻如願請來諸葛亮做自己的軍師。

這天，劉備正在和諸葛亮討論兵法，忽然聽到探子報告說，曹操派夏侯惇（ㄉㄨㄣ）領兵十萬，直奔新野而來。劉備頓時大驚，一時間心慌意亂。關羽和張飛卻態度淡定，他們二人不滿諸葛亮很久了，認為這是個好機會，能考驗諸葛亮到底有何本事，於是二人離席。劉備和諸葛亮留下商量應對的辦法，諸葛亮不慌不忙，向劉備討要了能夠號令將士們的劍印[1]。

1. 有權力直接動用軍隊、發布軍事命令。

諸葛亮拿了劍印，召集將領們進行一番精心部署。雖然如此，但大家都不怎麼相信諸葛亮的能力，表情像是「我先聽你的，要是這仗不行，回來看我怎麼收拾你」的樣子。

正式開戰後，劉備這邊的大將趙雲，按照諸葛亮的計策，假裝打不過曹軍，準備溜之大吉。曹軍大將夏侯惇押運著糧草，看出來不太對勁，卻未細想，下令繼續追趕，不知不覺間來到博望坡。當時天色已晚，狂風大作，周圍又都是樹木和草叢。夏侯惇猛然醒悟過來，但卻來不及了，只見一大片火焰席捲而來，四周殺聲四起，曹軍被殺了個回馬槍，大敗而歸。

經此一戰，關羽和張飛再也不敢對諸葛亮不敬。諸葛亮對劉備說：「夏侯惇雖然輸了，但用不了多久，曹操必定會親自率領大軍攻過來。」劉備又慌了，忙問怎麼辦。諸葛亮說：「我自有辦法。」

諸葛亮緊接著說：「新野只是個小縣城，不能待太久。我聽說收留你的劉表病危，可趁此機會奪取他管轄的荊州，作為我們的安身之地，這樣就有足夠的時間與精力來對抗曹操。」劉備一聽，眉毛皺了起來。他受劉表恩情，無論諸葛亮如何勸說，都不肯奪取荊州，諸

葛亮只好說：「那這事以後再說吧！」

後來，劉表去世，劉琮繼位。曹操統一北方後率軍南下，直取荊州，劉琮將荊州拱手讓給曹操。劉備聽到曹操攻來的消息，領全城百姓出逃，在長坂坡被曹操擊敗，敗走夏口。

劉備率軍到夏口後，諸葛亮面見孫權，說服孫權與劉備聯合抗曹。最後，曹操在赤壁遭遇孫劉聯軍火攻，加上軍中暴發瘟疫，損失慘重的曹軍只能灰頭土臉地回到北方。劉備則趁機平定荊州四郡，拿下荊州的控制權。

歷史背景

時間：不詳

地點：新野

主要人物：劉備、諸葛亮、關羽、張飛、曹操、夏侯惇

典故

孔明曰：「新野小縣，不可久居，近聞劉景升病在危篤，可乘此機會，取彼荊州為安身之地，庶可拒曹操也。」（明羅貫中《三國演義》第四十回〕）

成語解釋

指在某地居住、生活，或者以某地作為創業、建業的根基。

近義詞

安身之處、立足之地

反義詞

無處容身、無地自容

造句

只要戰爭一發生，受苦的往往是老百姓，可能連一個安身之地都沒有。

歷史小啟發

在占據荊州之前，劉備等人像是一株浮萍，無根無據，到處漂泊。所以諸葛亮才提議尋找安身之地，並把它作為發展事業的根基。對於每個人來說，無論做什麼事，有自己的根基，未來才能發展壯大。

成語接龍

安	□	之	地	地	大	□	博
博	大	□	深	深	不	可	□
□	淵	寸	指[2]	指	□	為	馬
馬	□	是	瞻	瞻	前	□	後

2. 比喻做不可能的事。較常作「寸指測淵」。

答案：身、物、精、測、測、鹿、首、顧

英雄無用武之地

西元 208 年，曹操大致統一北方，不久便率領大軍南征，想要奪下荊州。

曹操大軍出發沒多久，荊州牧劉表就因病去世，他的二兒子劉琮（ㄘㄨㄥˊ）繼位，住在襄陽。

劉琮是個超級膽小鬼，聽說曹操率領軍隊要攻打這裡，立刻準備投降，以保住自己的性命和地位。

當時劉備正駐守在襄陽附近的樊（ㄈㄢˊ）城，他對劉琮的決定一無所知，直到曹操大軍逼近，他才得到消息。這時劉備只能率軍撤退，退到襄陽時，劉琮緊閉城門拒絕劉備軍隊入內。

諸葛亮勸劉備趁此時機奪下襄陽，抗擊曹操。但劉備感念劉表對他的恩情，不願恩人一去世就做這種事，於是下令避開襄陽，朝江陵方向撤退。

好侄兒，快開門！
曹丞相來了
我才開門。

襄陽城裡很多不願意投降曹操的人，紛紛收拾行李跑去投奔劉備，一時間劉備一行增加到了十萬多人。由

我會再從曹操手裡把這裡搶回來。
劉
襄陽

主公，您先走吧！
我要和大家共進退！

於人數眾多，行動緩慢，有人建議劉備騎快馬先行，劉備覺得不能放棄大家，就沒有同意。

曹操軍隊到了襄陽後，劉琮大開城門投降。曹操得知劉備已經逃往江陵，馬上派出五千騎兵追擊。沒幾天就在長坂坡[1]追上劉備的隊伍。兩軍激戰，劉軍大敗，劉備和諸葛亮等少數人奮力突圍，退到了樊口。

幸虧我跑得快。

1. 古地名，在今中國湖北省當陽市西南。

這時曹操的大軍也已經順江南下。諸葛亮建議劉備向東吳孫權求助，劉備同意找孫權，一起抵抗曹操。

諸葛亮見到孫權後，看他還想繼續觀望戰局，就故意說：「如今天下大亂，曹操勢力日漸壯大，即便是我的主公劉備，也是英雄無用武之地，所以退到了這裡。希望您認真考慮，要麼跟曹操決裂，要麼乾脆投降。現在表面上服從，內心卻猶豫不決，遲早會大禍臨頭！」

這明顯的激將法果真惹孫權生氣了，他反問諸葛亮:「既然如此，劉備怎麼不投降啊？」諸葛亮笑著說：「我們主公是漢皇室後代，英雄才氣蓋世無雙，怎麼能投降呢？」孫權一聽，也不甘心將地盤拱手讓給曹操，就決定和劉備聯合，一起對抗曹操。

歷史背景

時間：西元 208 年
地點：襄陽
主要人物：曹操、諸葛亮、劉備、孫權

典故

英雄無所用武，故豫（ㄩˋ）州遁逃至此。（西晉陳壽《三國志・蜀書・諸葛亮傳》）

成語解釋

比喻有才能卻沒有機會施展。

近義詞

懷才不遇、生不逢時

反義詞

天生我材必有用、大顯身手

造句

他雖然是教育博士，卻未從事過相關工作，真是英雄無用武之地。

歷史小啟發

有時面對太過強大的敵人，不一定非要單獨作戰，適當運用智慧增加盟友，一同度過難關也無妨。如同故事中的諸葛亮，他深知孫權自傲，知道他也不願屈居於人下，便故意出言刺激他，引導他與自己結盟，共同對抗曹操，這也是一種聰明的做法。

飲醇ㄔㄨㄣˊ自醉

我的成功離不開
公瑾的幫助！
誰叫我們是
好兄弟呢！

三國時，周瑜與程普同是孫權手下的得力大將。

周瑜出身廬江[1]名門世家。早些年孫策與母親暫居在周瑜的老家，兩人關係十分要好。孫堅死後，孫策接收父親舊部。在統一江東[2]的戰役前，孫策得到周瑜大力幫助。

日後，孫策的勢力日漸壯大，周瑜乾脆從袁術那裡辭職不幹，跑來和孫策一起創業，並帶來其後東吳智囊團的重要成員——魯肅。當時，周瑜年輕帥氣，打起仗英勇無敵，在東吳很受擁戴，人們都親切地喚他「周郎」。

1. 三國時期的廬江郡。

2. 指中國長江以東地區，又稱江左。

周郎又打勝仗了！
周
好帥，好厲害！！

正當孫策事業發展得如火如荼的時候，卻不幸遭人暗算，含恨早逝。他的弟弟孫權接管東吳後，謹記哥哥的叮囑，像尊敬兄長一樣敬重周瑜。

程普是當年最早跟隨孫堅的部下之一，有勇有謀。在孫堅平定江東的五年裡， 他的功勞最大。

我這麼厲害，我驕傲了嗎？
戰功最多獎
助人為樂獎
最強救世主

之後程普跟隨孫策東征西戰，不僅數次救孫策於危難之中，還立下不少戰功。孫策死後，他再為孫權征伐江夏[3]，開疆拓土。程普可說是參與了東吳早期所有的戰鬥，名副其實的「三朝元老」，集威名、聲望於一身，人們尊稱他為「程公」。

3. 三國時期的江夏郡。

我怎麼看周瑜這小子這麼不順眼呢？

雖然擁有這些傲人的資本，但程普在軍中做事豪爽大氣，喜歡幫助有困難的人，還樂於結交一些士大夫，唯獨對周瑜沒有好感。起初，周瑜的地位不高，手裡也沒什麼權力，程普也就睜一隻眼閉一隻眼，尚且能夠隱忍。但後來周瑜常常給孫權獻上奇謀妙策，地位越來越高，風光無限。

程公，您好啊！
哼！

程普內心越來越不高興。每次周瑜和他打招呼，他都愛理不理。兩人一起做事的時候，程普也會故意為難周瑜，讓他下不了台。

赤壁之戰前夕，周瑜和程普分別被任命為左、右大都督。古人尊左卑右，代表程普要作為副手聽從周瑜的命令。程普簡直氣昏了，他不能忍受自己處處被一個年

這麼打，你當曹操是三歲小孩嗎？

輕人掣（ㄔㄜˋ）肘[4]，於是就仗著年紀大，對周瑜冷嘲熱諷。

面對程普無端的針對，周瑜並沒有生氣，而是以寬廣的胸襟（ㄐㄧㄣ）一一忍受下來。遇到軍政大事，還會主動向程普請教，恭恭敬敬地行晚輩的禮節。

周瑜寬厚謙遜的態度終於打動了程普。這位老將軍在感動之餘，對周瑜的態度有一百八十度的改變，逢人便說：「與公瑾交往，如同喝了一杯醇厚的美酒，不知不覺就醉了。」

程公，請教您一下⋯⋯。
是我太小氣了！
認真
請教

自此之後，兩人的關係變得十分融洽，成為忘年之交，在決定東吳命運的赤壁之戰中通力合作，戰勝了曹操。

4. 比喻為難、牽制。

歷史背景

時間：西元 208 年

地點：建業

主要人物：周瑜、程普

典故

普頗以年長，數陵侮瑜。瑜折節容下，終不與校。普後自敬服而親重之，乃告人曰：「與周公瑾交，若飲醇醪，不覺自醉。」（西晉陳壽《三國志 ・ 吳書 ・ 周瑜傳》裴松之注）

成語解釋

形容一個人心胸寬廣、氣量宏大，很值得交往，「飲醇」指受到寬厚對待而心悅誠服。

近義詞

平易近人、虛懷若谷

反義詞

盛氣淩人、飛揚跋扈

造句

和羅大哥交朋友，真是飲醇自醉，讓我醉心不已。

歷史小啟發

俗話說「要以真心換真心」，周瑜面對老將程普的刁難與嫉恨沒有做出反擊，而是真誠相待、謙卑有禮，最終打動了程普，和他成為忘年之交。面對別人惡意的刁難，我們應該沉住氣，穩住心態。自己在待人接物時，也要心胸寬廣，真誠謙卑，只有這樣，才能交到真心的朋友。

成語接龍

飲□自醉　醉生□死

死皮□臉　臉□耳赤

赤□忠肝　肝腸□斷

斷□取義　義不反□

答案：醇、夢、賴、紅、膽、寸、章、顧

舌戰群儒

不如我們聯合起來，共同抗曹。
巧了，我也這麼想。

西元 208 年秋天，曹操統帥八十萬大軍南征，想要一統天下。

東吳朝中大臣聽說後，紛紛勸孫權投降。孫權不願投降曹操，但無奈曹軍人多，兩方若交戰，自己肯定不占優勢。魯肅看出孫權的煩惱，便向他提出「聯劉抗曹」的主張。於是，孫權就派他去劉備那裡探聽情況。

當時劉備被曹操打得落花流水，諸葛亮也建議劉備和孫權聯手，抵抗曹操的攻擊。雙方一拍即合，諸葛亮在劉備同意後，便與魯肅結伴到柴桑[1]面見孫權。

1. 古縣名，位於中國江西九江，孫權當時的駐地。

諸葛亮到達後，孫權召集群臣和諸葛亮共同議事，魯肅把諸葛亮請到軍帳中。張昭、虞（ㄩˊ）翻、顧雍等二十多位文武官員穿得正式而華麗，坐得端端正正。諸葛亮一一行禮後在客位上落座。

張昭是主張請和的代表，一看諸葛亮氣宇軒昂地走進來，料他一定是來遊說打仗的。張昭開口問道：「聽聞你們一直想拿下荊州，可那裡如今已歸屬曹操，不知你們有什麼想法？」

諸葛亮暗想，張昭是東吳第一謀士，若不能先說服他，如何說服得了孫權？於是答道：「我們主公取荊州本是易如反掌，但他謙卑仁義，不忍奪取同宗兄弟的基業。劉琮不懂事，私自投降，才讓曹操占了便宜。如今我們屯兵江夏，是有大計劃的。」

張昭又說：「此次曹兵一來，你們就被打得丟盔棄甲，這不是讓百姓大失所望嗎？」

諸葛亮反駁道：「國家大事，天下安危，是要靠謀劃的。我們雖然狼狽，但仍在抵抗，總比那些誇誇其談，到關鍵時刻就想投降的人強多了。他們才真正叫天下人恥笑！」張昭被說得啞口無言。

這時虞翻高聲發問：「如今百萬曹軍浩浩蕩蕩南征，先生認為該怎麼辦？」

諸葛亮回答說：「雖然曹操有百萬之軍，但多是袁紹和劉表的殘兵，也沒什麼可怕的。」

虞翻冷笑道：「你們被打得到處求救，還說不怕，真是大言不慚！」諸葛亮說：「我們數千人怎麼打得過百萬人？退守是為了等待更好的時機。如今江東兵精糧足[2]，有人卻想向曹賊投降，還好意思說我們？可見，我們主公才是真的不怕曹操！」虞翻被說得一言不發。

步騭（ㄓˋ）站起來發問道：「您難道想仗著自己口才好，效法張儀和蘇秦來遊說我們東吳嗎？」

2. 形容軍力強盛。

諸葛亮笑了笑說道：「您只知道張儀、蘇秦能說善道，大概還不知道他們二人也是聯合六國抗擊暴秦的豪傑吧！你們只聽到曹操的名字就嚇得想去投降， 居然好意思笑話他們嗎！」步騭也說不出話反駁了。

以卵擊石，不怕白忙一場嗎？

忽然，薛綜站起來問道：「如今曹操裹（ㄍㄨㄛˇ）挾（ㄒㄧㄝˊ）[3]漢獻帝，天下三分之二在他手中，你們非要和曹操鬥，不是以卵擊石嗎？」

不忠不孝，你爸爸知道嗎？

諸葛亮厲聲說道：「沒想到您是這樣一個不忠不孝的人。曹操祖上是漢朝臣子，卻懷有反叛的念頭，讓天下人氣憤。您說現在天下大部分都是曹操的，簡直無理，我沒有必要同你講話，請不必多言了！」薛綜滿面羞慚，無話可說。

3. 受情勢、潮流等所脅迫，不得不採取某種態度或行為。

陸績不服氣，站起來問道：「曹操畢竟是相國曹參的後代，劉備自稱漢室之後，其實不過是一個賣草鞋的罷了，有什麼資格來和曹操抗衡呢？」

諸葛亮輕笑著說：「曹操既是曹相國的後代，就更證明他世代都是漢臣，如今他卻目無君主，簡直就是曹氏賊子。劉備是堂堂正正的漢室後代，況且織蓆賣鞋有什麼羞恥的嗎？我看你真是目光短淺。」陸績也被氣得說不出話來。

還有幾個人紛紛提問來刁難諸葛亮，諸葛亮全部對答如流，眾人皆驚慌失色。

這時黃蓋從外面走進來說：「諸葛亮是當世奇才，現在曹操大軍壓境，你們不與他商討對策，為何在這兒鬥嘴？」說完，便拉著諸葛亮去找孫權。

見到孫權，諸葛亮先將曹操的兵力告訴他然後使用激將法，佯裝勸他要是害怕就直接投降曹操吧。看孫權沒有退卻，才提出自己有破敵的辦法。孫權向他虛心請教，孫劉聯盟便由此結成。

歷史背景

時間：西元 208 年

地點：柴桑

主要人物：諸葛亮、魯肅、張昭

典故

諸葛亮舌戰群儒，魯子敬力排眾議。（明羅貫中《三國演義》第四十三回）

成語解釋

舌戰：激烈爭辯。儒：指讀書人。形容同很多人展開辯論，並一一反駁對方。

近義詞

能言善辯、侃侃而談、口若懸河

反義詞

語無倫次、張口結舌、啞口無言

造句

她在會議上氣場全開，彷彿諸葛亮舌戰群儒，原本持反對意見的人都啞口無言了。

歷史小啟發

諸葛亮前往東吳，與群臣一問一答，你來我往，甚是精彩。大臣們問的每個問題都帶有攻擊性，但是每次都被諸葛亮巧妙化解，這得益於諸葛亮過人的才智和臨危不亂的鎮定。如果想在發生突發情況的時候像諸葛亮一樣，一方面需要強大的知識積累，另一方面也需要優秀的心理素質，才能運用我們已有的知識巧妙化解危機。

成語接龍

舌	戰		儒	儒	雅		流
流		百	世	世	代	交	
	天	行	道	道		說	東
東		西	遮	遮	前	掩	

答案：群、風、芳、替、替、西、掩、後

犯顏苦諫 ㄐㄧㄢˋ

西元 208 年，曹操八十萬大軍與孫權、劉備聯軍對峙於赤壁。諸葛亮奉命來到東吳軍營，與東吳大都督周瑜共同商議破曹計策。諸葛亮憑藉智慧，以草船借箭的方法從曹操那裡「借」來十萬支箭，周瑜又設計讓曹操殺了手下的水軍首領蔡瑁（ㄇㄠˋ）和張允。屢屢被騙的曹操氣急敗壞，派出蔡瑁的族弟[1]蔡中、蔡和到江東詐降。

周瑜看他兩人獨自前來，料定他們不是真心投降，決定將計就計，將他們留在軍營裡。

1. 同宗族中輩分相同而年紀較小的人。

東吳老將黃蓋看周瑜與曹操相持已久，卻一直按兵不動，非常著急，就私下找周瑜，建議他用火攻戰勝曹操。周瑜說：「我也正想施用此計，但需要有一個人去曹操那裡詐降，現在沒有一個合適的人選啊。」

黃蓋聽了，便提出由自己來執行此計。周瑜有點猶豫地說：「要實施這個計劃恐怕得受些皮肉之苦，不然曹操不會輕易相信！」黃蓋答道：「我受孫氏幾代厚恩，即使赴湯蹈火也萬死不辭。」周瑜被黃蓋的忠心打動，兩人約定依計行事。

第二天，周瑜把諸將聚集到帳下，還請來諸葛亮。周瑜說：「曹操領百萬之眾，這仗不是一兩天就能打贏的。今天大家各領三個月的糧草，準備長期禦敵吧。」話音未落，黃蓋就站出來唱反調說：「我看就算是備上三十個月的糧草，也無濟於事！不如別硬撐，早早投降算了。」

周瑜聽完後大怒道：「現在正是兩軍相持的時候，你竟敢說這種話來動搖軍心，我今天不斬你首級，難服軍心！」語畢，周瑜喝令部下將黃蓋拉出去斬首。黃蓋也怒道：「哼，我上陣殺敵的時候，你還只是個黃口小兒[2]，有什麼可威風

2. 比喻淺薄幼稚的人。

的？」周瑜一聽更生氣，命手下速速將黃蓋斬首。

將軍甘寧求情說：「黃老將軍是東吳舊臣，還望您寬恕啊！」眾將都跪下求情，周瑜說：「看在眾文武大臣的面子上，今天暫且免去你的死罪，但也不能就這麼算了，拖出去重責一百杖！」眾官又來求情，周瑜推翻桌子，喝（ㄏㄜˋ）退求情的官員，讓手下馬上用刑，黃蓋被打得皮開肉綻。

周瑜這是來
真的呀？
太狠了！

事後，魯肅去探望黃蓋，然後來到諸葛亮休息的船中，對他說：「今天周瑜怒責黃蓋，我們都是他的部下，不敢犯顏苦諫（ㄐㄧㄢˋ）。但您是江東的客人，為什麼也袖手旁觀、不發一言呢？您應該阻攔一下這不合理的懲罰啊！」

這招苦肉
計不錯！

諸葛亮笑道：「你難道不知周瑜今日毒打黃蓋，是他倆暗自定下的計謀嗎？既是這樣，我為什麼要勸呢？周瑜肯定是想派黃蓋前去曹操那裡詐降，故意讓蔡中、蔡和目睹這件事情。若不用苦肉計，如何能騙過詭計多端的曹操啊？」魯肅這才頓悟。

歷史背景

時間：西元 208 年

地點：赤壁

主要人物：諸葛亮、周瑜、黃蓋、曹操

典故

犯顏極諫，臣不如東郭牙，請立以為諫臣（戰國韓非《韓非子・外儲說左下》）

魯肅也往看問了，來至孔明船中，謂孔明曰：「今日公瑾怒責公覆，我等皆是他部下，不敢犯顏苦諫。先生是客，何故袖手旁觀，不發一語？」（明羅貫中《三國演義》第四十六回）

成語解釋

犯：冒犯。諫：規勸君主或尊長，使其改正錯誤。形容有勇氣冒犯君主或尊長的威嚴，當面直言規勸。

近義詞

犯顏極諫、批其逆鱗

反義詞

好（ㄏㄠˋ）諛（ㄩˊ）惡（ㄨˋ）直、阿（ㄜ）諛逢迎

造句

唐朝宰相魏徵敢於犯顏苦諫，他激烈的言辭和堅定的態度，都是其他大臣難以做到的。

歷史小啟發

「周瑜打黃蓋——一個願打，一個願挨」的歇後語就是出自這個故事。黃蓋是年長於周瑜的老將，但是為了使火攻計劃成功，毅然決然上演出一齣苦肉計，敢於獻身的精神令人佩服。

萬事俱備　只欠東風

曹操打敗袁紹後，統一北方。但他仍不滿足，萌生統一天下的野心。

西元 208 年，曹操號稱率領八十萬大軍順長江而下，準備先進攻劉表，之後再順著長江向東，擊敗孫權，占領東吳，統一天下。

那年，劉表病逝，他的兒子劉琮（ㄘㄨㄥˊ）懦弱無能，還沒打仗就被曹操的陣勢嚇得主動投降。後來曹操把劉表的軍隊收為己有，帶著大軍繼續向長江推進，準備先收拾劉備，再攻打孫權。

當時劉備正駐守在樊城，他聽到曹操率領大軍將至，決定把人馬先撤到江陵。曹操趕到襄陽時，聽說劉備向江陵撤退的消息，又得

知劉表將大批軍糧藏在江陵，他怕被劉備搶去，於是親自率領五千輕騎兵追趕劉備。劉備因為兵馬不足，在長坂坡被追來的曹軍殺得潰不成軍。

劉備深知自己軍隊力量不足，難以和曹操抗衡。在被曹操打敗退軍的途中，諸葛亮主動請命赴柴桑會見孫權，說服東吳與之結盟。

另一方面，孫權也知道只靠自己的力量很難打敗曹操，但又怕荊州被曹操占領，東吳陷入危機，於是同意劉備的結盟請求。劉備聽取魯肅的建議，退守樊（ㄈㄢˊ）口。

決定抗曹後，孫權命周瑜為主將，程普為副將，率三萬精銳水軍，聯合駐守在樊口的劉備軍，沿著長江行進，共同迎擊曹軍。兩軍對峙於赤壁。

曹操兵多將廣，相對於孫劉聯軍，在人數上擁有壓倒性的優勢。孫劉聯軍的諸葛亮和周瑜，共同商討破敵良策。兩人經過分析，不謀而合，都主張用火攻來打敗曹操。

曹操手下的將領蔡瑁和張允精通水戰，若是這兩人為曹操訓練水軍，那孫劉聯軍的火攻計劃很可能失敗。於是，周瑜用反間計，偽造信件讓前來勸降的蔣幹誤認為蔡瑁、張允叛變。蔣幹把這消息傳回，曹操一氣之下處死二人。

為了順利實施火攻計劃，周瑜又安排龐統偶遇蔣幹，與他一同逃回曹營。龐統向曹操獻計，把戰船連在一起，說這樣方便北方士兵們

作戰。周瑜和黃蓋還合演了一齣苦肉計，讓黃蓋向曹操投降。實際上，黃蓋在船中裝滿容易燃燒的物品，準備以詐降的方式衝向曹營，發起火攻。

可等一切都準備好後，周瑜卻發現曹操的船隻皆停在大江的西北方向，而自己的船隻卻靠在南岸。當時正是冬天，西北風呼呼地吹，如果用火攻，大火不但燒不著曹操，反而會燒到自己的頭上。

為此，周瑜憂急成病，臥床不起。諸葛亮前來拜訪周瑜，自稱有個祕方可以治好周瑜的病，還把藥方寫了出來。

周瑜接過藥方一看， 大吃一驚，只見上面寫的並不是什麼藥材，而是一段話：「欲破曹公，須用火攻；萬事俱備，只欠東風。」一語

道破周瑜的心事。周瑜心想：諸葛亮真是神人啊！於是向他請教破解的辦法。諸葛亮說：「我夜觀天象，算出近日有東南風。」周瑜聽了大喜，說：「先生只要告訴我東南風來的時間，一切就都好辦了。」

周瑜命令部下做好一切火攻的準備，等東南風一起，馬上下令發起火攻。黃蓋借著風勢帶船勇猛衝進曹軍水寨。曹軍的船陣很快燒起來，由於船與船用鐵鍊相連，一眨眼工夫，所有的船燒成一片火海。水上火勢猛烈，岸上的營寨也著火，孫劉聯軍乘勢出擊，曹軍死傷大半，曹操只能帶領手下從華容道狼狽逃走。

歷史背景

時間：西元 208 年

地點：赤壁

主要人物：劉備、曹操、孫權、諸葛亮、周瑜、魯肅

典故

孔明索紙筆，屏（ㄅㄧㄥˋ）[1]退左右，密書十六字曰：「欲破曹公，須用火攻；萬事俱備，只欠東風。」（明羅貫中《三國演義》第四十九回）

成語解釋

俱：全，都。指周瑜定計火攻曹操時，所有事情都準備好了，

1. 斥退，叫人避開。

只差吹起東風。現今常用來形容準備非常充分，只差最後一個重要的條件。

近義詞

厲兵秣（ㄇㄛˋ）馬[2]、蓄勢待發

反義詞

大寒索裘（ㄑㄧㄡˊ）[3]、臨渴掘井

造句

我們現在萬事俱備，只欠東風，等嘉賓一到場，就可以開始今天的活動了。

歷史小啟發

論兵力，孫權、劉備的軍隊聯合起來也不敵曹操，但最終雙方聯手，在與曹操的對戰中全面取勝。這是因為諸葛亮和周瑜善於思考，懂得借助外界條件幫助自己。

我們在生活中遇到困難也要積極地思考，借助周遭的力量解決問題。另外，火攻曹操的計劃能夠成功，關鍵在於周瑜做好萬全的準備，只要借助一場東風就能取得勝利。因此任何事只要事前做好充分的準備，就能掌握良機。

2. 磨利兵器，餵飽馬匹。指做好戰鬥前的準備工作。

3. 等到大冷天才去找毛皮衣服。

談笑自若

三國時有一個人叫做甘寧，他年少時在家鄉為非作歹，小小年紀就稱霸一方。後來突然改過自新，認真讀書，漸漸有了賢名。甘寧先後在劉表和黃祖的手下效力，雖然屢次立功，但一直得不到重用。

西元 208 年，甘寧離開黃祖，率眾改投奔孫權。由於周瑜和呂蒙連袂（ㄇㄟˋ）推薦，孫權十分器重甘寧。同年冬天，統一北方的曹操強勢南下，與孫劉聯軍在赤壁大戰，甘寧跟隨周瑜在烏林[1]大破曹操。最後，曹操落敗，從華容道落荒而逃。

1. 今中國湖北省洪湖市境內，與赤壁隔江。

周瑜、諸葛亮商量後，決定乘勝追擊，想要一舉拿下曹操，於是率領軍隊一直追到南郡[2]。誰知駐守南郡的魏將曹仁以逸待勞[3]，周瑜的先頭部隊被打得潰不成軍。周瑜聽到這個消息大為震怒，準備與曹仁決一死戰。

我有甘將軍
就夠了！

甘寧因在赤壁之戰中立下戰功，被任命為西陵[4]太守、折衝將軍[5]。在周瑜蓄勢待發想要和曹仁決戰的時候，他站出來勸阻。

我要親自出戰，
除掉曹仁！
將軍……冷靜啊！
衝動是魔鬼！

2. 今中國湖北省荊州市江陵縣境內。
3. 養精蓄銳，待敵方疲勞，實力削減時，再加以攻擊。
4. 古縣名，位於今中國湖北省武漢市新洲區。
5. 古代武官名。

甘寧告訴周瑜，南郡與夷陵[6]相接，貿然攻擊南郡可能會損失重大，應該趁其不備先襲取夷陵，然後再進攻南郡。周瑜採納甘寧的建議，命他領兵攻取夷陵。

甘寧率軍直逼夷陵城下，曹洪奉命據守夷陵。雖然當時甘寧手下只有幾百人，但他最終還是取得勝利，曹洪敗走。甘寧當機立斷，命令部下迅速入城，把城內的士兵收編以壯大自己的隊伍，但總人數也不過千人。

6. 中國古縣名，屬古荊州。

夷陵
哼！讓你再得意一會兒！

當天黃昏，駐守南郡的曹仁得知夷陵失守後，火速派兵支援曹洪，聚集五千多人把夷陵城團團圍住。曹軍架設雲梯攻城，但都被甘寧率軍擊退。

第二天，曹軍改變作戰策略，堆土構築高樓，在高樓上向夷陵城中射箭。一時間箭如雨發，甘寧的軍隊有諸多傷亡，將士們都很害怕，唯獨甘寧跟平時一樣說說笑笑，絲毫不慌。

甘寧命人將曹軍射來的數萬支箭收集起來，選派優秀的弓箭手，站上城樓與魏軍對射。由於甘寧的頑強抵抗，曹軍最終仍無法攻破城池。

後來，周瑜收到甘寧的求助信，迅速趕來救援，化解了夷陵之圍。

對面的朋友，謝謝
你們的箭啊！
夷陵

歷史背景

時間：西元 208 年

地點：夷陵

人物：甘寧、曹操、劉備、曹洪、周瑜

典故

寧受攻累（ㄌㄟˇ）日，敵設高樓，雨射城中，士眾皆懼，惟寧談笑自若。（西晉陳壽《三國志・吳書・甘寧傳》）

成語解釋

自若：自如，表平常、放鬆的狀態。說說笑笑，跟平常一樣。形容能夠在緊張或危急的情境下仍保持平常心，鎮定冷靜地對待人或事。

近義詞

談笑自如、泰然自若、神色自若

反義詞

杯弓蛇影、談虎色變、張皇失措

造句

他的心理素質真是強大，在緊要關頭還能談笑自若。

歷史小啟發

大敵當前，甘寧率領的軍隊在人數和武器上都不占優勢，甚至還有許多將士死於曹軍箭下。在這樣危急的情況下，甘寧沒有張皇失措，而是沉著冷靜地應對，保持良好的心態，最終守住城池，抵擋了強大敵人的進攻。

我們在學習中、生活中，也會遇到各式各樣的危急狀況。首先要保持冷靜，以平常心看待所處的情境，沉著冷靜地尋找辦法，這樣才能有效地解決問題。

成語接龍

談	笑	□	若	若	即	若	□
□	經	叛	道	道	聽	□	說
說	□	道	四	四	□	楚	歌
歌	舞	□	平	平	分	□	色

答案：自、離、離、途、三、面、昇、秋

巢毀卵破

孔融是孔子的後代，自幼聰明且知書達理，少年時便有突出的才能，受到名士的讚許，「孔融讓梨」的故事流傳至今。他生性喜歡交朋友，還經常批評時政，言辭激烈，這雖然讓他聲名遠揚，但也得罪了不少人。

孔融在朝為官時，正值董卓總攬朝政，想找藉口廢掉漢獻帝。孔融據理和董卓當庭爭辯，董卓對他懷恨在心，刻意把他分配到黃巾軍勢力最大的北海國出任國相，但這件事反讓當時的士人更加佩服他。

西元 196 年，曹操迎漢獻帝到許都，急需一批有聲望的士人來提振威望，孔融便在曹操拉攏的名單中。但曹操只是用他們裝點門面而

已，封給他們的官位也都是虛職。作為名士，孔融淡泊名利，並不在乎這些，反而很讚賞曹操迎接漢獻帝、穩定時局的行為。

但是很快，孔融就發現曹操並不是真心挽救漢室，只想藉機獨權。孔融漸漸心生不滿，開始對曹操冷眼相對，對他的一些行為更是冷嘲熱諷，讓曹操的風評越來越差。

西元 204 年，曹操為消滅袁紹的勢力，進攻鄴（ㄧㄝˋ）城，屠殺城裡的百姓，強擄很多袁氏家族的婦女。曹操的兒子曹丕，還私自娶了袁紹之子袁熙的妻子甄氏。追隨漢

獻帝的孔融當時已被徵召入朝為官。他聽說此事後，寫信給曹操，諷刺曹丕的強盜行為，這讓曹操很沒面子。

西元 207 年，曹操北征烏桓（ㄏㄨㄢˊ），孔融又嘲諷他說：「大將軍（曹操）遠征，蕭條海外，從前肅慎[1]不進貢楛（ㄏㄨˋ）矢（ㄕˇ）[2]，丁零[3]偷盜蘇武的牛羊，可以一併討伐啊！」因為孔融名重天下，曹

1. 中國古代東北的一個民族。
2. 用木做桿的箭。
3. 中國古代北方民族。

操對孔融的言論表面上容忍，暗地裡卻記恨他這些議論，擔心他破壞自己的大業。

官渡之戰後，曹操統一了北方，他掌控朝政的權力也空前強大，漢獻帝的傀儡意味越來越濃烈。孔融這種忠心擁護漢室的朝臣忍無可忍。於是，孔融上呈一道奏表——《上書請准古王畿（ㄐㄧ）制》，建議擴大司隸（ㄌㄧˋ）校尉（ㄨㄟˋ）[4]的管轄區，京師附近不封諸侯，意圖以此限制曹操的權力。

後來，曹操以劉表不向朝廷按時進貢，還做了許多違法的事為由，率大軍進攻劉表和劉備所在的

4. 漢至魏晉監督京師和周邊地方的監察官。

荊州。孔融認為劉備和劉表是漢室宗親，極力反對曹操南征荊州。一位與孔融向來不和的御史大夫，轉頭就去曹操那裡告狀，說孔融心懷不軌。曹操心中累積已久的怒氣爆發，下令處死孔融一家。

官兵去抓人的時候，孔融兩個不到十歲的孩子正在家中，彷彿什麼都沒發生似的玩遊戲。家裡的僕人以為孩子不懂事，大禍臨頭還不知道，便偷偷地叫他們趕快逃跑，孩子們卻淡定自若。

孔融請求官兵放過兩個年幼的孩子，並表示自己願意承受一切懲罰。但孩子們拉著孔融的袖子，對他說：「父親，想開點，搗翻的鳥巢下怎麼還會有完好的鳥蛋呢？」在場的人都被小孩的冷靜和聰慧打動了，但使命難違，孔融一家最終死於曹操令下。

歷史背景

時間：西元 208 年

地點：洛陽

主要人物：孔融、曹操

典故

兒徐進曰：「大人豈見覆巢之下，復有完卵乎？」（南朝宋劉義慶《世說新語 · 言語》）

成語解釋

鳥巢毀了，鳥蛋也會被打破，形容集體受到重創，成員也會遭受損失。

近義詞

脣亡齒寒

反義詞

風牛馬不相及

造句

如果國家動盪，戰火紛飛，人民怎麼可能安居樂業？你連巢毀卵破的道理都不懂嗎？

歷史小啟發

孔融兩個不滿十歲的孩子說出了「覆巢之下安有完卵」的名言，讓這個悲情的故事流傳千古，也讓後人認識了孔融的兩個臨危不懼、深明大義的孩子。一方面，我們要從兩個孩子身上學會遇事冷靜，不驚慌失措；另一方面，我們要從這句流傳至今的名言中汲取經驗，知道有些事情是休戚相關的，比如國家和人民、集體和個人，所以要維護公共的利益，個人才能健康成長。

成語接龍

巢□卵破　　破□為笑

笑口□開　　開門□山

山□水秀　　秀外慧□

□道而廢[5]　　廢□忘食

食□不化　　化為□有

有識之□　　□別三日

5. 事情做到一半，就不做了。

答案：毀、涕、常、見、明、中、半、寢、古、烏、士、士

知識館　知識館 系列 036

超有趣！看漫畫學三國成語

② 曹操統一北方・赤壁之戰

作　　　者　郭珮涵
審　訂　者　李文成
語 言 審 訂　張銀盛（臺師大國文碩士）
封 面 設 計　楊雅期
內 文 排 版　theBAND・變設計— Ada
出版一部總編輯　紀欣怡

出　　　版　采實文化事業股份有限公司
執 行 副 總　張純鐘
業 務 發 行　張世明・林踏欣・林坤蓉・王貞玉
國 際 版 權　劉靜茹
印 務 採 購　曾玉霞
會 計 行 政　李韶婉・許俽瑀・張婕莛
法 律 顧 問　第一國際法律事務所　余淑杏律師
電 子 信 箱　acme@acmebook.com.tw
采 實 官 網　www.acmebook.com.tw
采 實 臉 書　www.facebook.com/acmebook01

I S B N　978-626-431-010-9
定　　　價　380 元
初 版 一 刷　2025 年 6 月
劃 撥 帳 號　50148859
劃 撥 戶 名　采實文化事業股份有限公司
104 台北市中山區南京東路二段 95 號 9 樓
電話：(02)2511-9798　傳真：(02)2571-3298

國家圖書館出版品預行編目 (CIP) 資料

超有趣！看漫畫學三國成語 . 2, 曹操統一北方 .
赤壁之戰 / 郭珮涵著 . -- 初版 . -- 臺北市 :
采實文化事業股份有限公司 , 2025.06
152　面 ;　23*17 公分 . -- (知識館系列 ; 36)
ISBN 978-626-431-010-9(精裝)

1.CST: 漢語 2.CST: 成語 3.CST: 通俗作品

802.1839　114005399

本書通過四川文智立心傳媒有限公司代理，經東方來昂（北京）國際文化傳媒有限公司授權，同意采實文化事業有限公司在中國香港、澳門、台灣獨家出版、發行繁體中文紙本書及電子書。非經書面同意，不得以任何形式任意重制、轉載。
《爆笑三國成語》套書 (全 4 冊）更改書名為《超有趣！看漫畫學三國成語：董卓亂政・群雄割據》，授權期間自 113 年 12 月 24 日起至 118 年 9 月 29 日止，許可發行核准字號為文化部部版臺陸字第 113314 號至第 113317 號，各冊整併發行：
、原《1- 董卓亂政》、《2- 群雄割據》合併為《超有趣！看漫畫學三國成語①董卓亂政・群雄割據》
；2、原《3- 曹操統一北方》“《4- 赤壁之戰》合併為《超有趣！看漫畫學三國成語②曹操統一北方・赤壁之戰》

采實出版集團 ACME PUBLISHING GROUP
版權所有，未經同意
不得重製、轉載、翻印